MUSICAL LOVESTORY

MD NASHEENA

Contents

Disclaimer

The following story is purely fictional and the plots is not related to any actual story, it's just for entertainment purpose and not to hurt someone's feelings

All the characters seen in this Story are truly fictional
Someone may find the characters familiar,
But these are just coincidental.
Please do not take the story or characters seriously
Because everything in this book is purely fictional

Prologue

Characters present in the story

Maira :- A girl who get musical dream
Ishaant :- A boy who is in the dream of Maira
Maya :- Maira's friend
Raj Oberoi :- Maira's father
Urmila Oberoi :- Maira's mother
Anubhav Oberoi :- Maira's uncle
Radhika Oberoi :- Maira's aunt
Inspector Vikram :- Maya's friend & A police officer
Yash :- Ishaant's friend
Aman uncle :- Mr.Raj Oberoi's friend

Preface

Author of the story: - Mohammad.Nasheena
Born in 2001(January-15) at Burgampahad, Telangana state,India

Musical Lovestory is about a girl who always get a dream, in that dream she sees a boy playing music on the guitar and there are some other twists in her life related to her father. So find out who's that boy? And what's the twist? By reading this story

"Anjaan ajnabi jisse pehle kabhi mili hi nahi
Khwaabon mein aatha hai naam jiska pata bhi nahi
Kya ye ek koi sanjog hai
Ya koi gehra chupa raaz hai"

CHAPTER ONE

Maira ka parichay

Ek ladki hai jiska naam Maira Oberoi, Maira ke paida hothe hi uski maa guzar gayi tab uske papa ne usey princess ki tarah pala. Maira ke 8 mein varsh,uske papa ki maut ek car accident mein hogayi, uske papa ke jaane ke baad chacha aur chachi ne usko godh liya aur usko apni bachhi ki tarah pala.

Maira ke 10 saal ki umar se usko har roj ek hi sapna aatha hai uske kwaab mein woh anjaan ladke ko music bajaate hue sunti thi,Maira 21 varsh ki hogayi hai,lekin usko aaj bhi wahi dhun apne kwaab mein sunayi deti rehti hai,Woh madhur dhun guitar ki hai jo ek ladka bajaata hua dikhta hai,Lekin Maira uski shakal kabhi dekh nahi paayi.

(Kehte hai jisko hamne zindagi mein kabhi nahi dekha usko kabhi kwaab mein bhi nahi dekh sakte)

CHAPTER TWO

Maya ke college ka function

Maira Delhi ke ek kisi University mein padh rahi hai.

Maira apne college ki bohati khubsurat ladki hai,uske lambe baal,jheel jaisi aankhe,sukoon deni wali hasi aur sabko madad karne wala dil. Maira 1st year mein hai usko college mein join hue kuch hi din hue hai.

Maira ki bachpan ki dost Maya Avasti kisi aur University mein padh rahi hai.Maya Maira ki Best friend hai.Maira apni saari baatein Maya se share karti hai.Uske bachpan ke sapne se lekar har ek secret jo woh apne maata,pita jaise chacha,chachi se bhi share nahi karti.Lekin unko apne maata,pita se bhi zyada maanti hai aur woh log bhi Maira se bohat pyaar karte hai.

Maya ka bhi apne college ko join kiye hue kuch hi din hue hai. College ki 25 saal purey hone ki khushi mein Maya ki "Innovate college" waalon ne ek grand function rakha jisme kahi saare students perform karne wale hai Maya ne socha woh apni Best friend Maira ko bhi iss function mein bulaye.Maya ne Maira ko college ke function ke baare mein bata kar usko bhi uss function mein aane ke liye invite kiya. Maira ne pehle mana kiya lekin phir woh apni dost ke liye aane ko maan gayi.

CHAPTER THREE

Kya hua function mein?

Maira apne dost Maya ke kehne pe uske college ke function mein aa gayi. College ka function college ke auditorium mein ho raha tha Maira 30 minute late pohanchi aathe hi woh apne dost Maya ko auditorium mein dhoondne lagi lekin Maya auditorium mein nahi mili isliye Maira ne Maya ko call kiya toh usne bataya ki woh green room mein hai.Maira,Maya ko dhoondte hue green room pohanch gayi wahan pe jaake woh apni dost se event ke baare mein baat kar rahi thi

Itne hi der mein kisi ki performance chal raha tha auditorium ki stage pe,Woh apne guitar se music baajate hue gaana gaa raha tha,Maira woh music sunte hi shock ho gayi phir woh Maya ke taraf dekhne lagi Maya ne pucha ki "Kya hua"? Maira bina kuch bataye bhaagte hue auditorium ki aur jaa rahi thi,Jaise hi Maira auditorium mein pohanchi toh usne dekha ki koi toh music baaja raha tha lekin bheed ki wajah se woh uska chehra dekh nahi pa rahi thi lekin usne ek black color ki jacket jiske left side pe red rose flower ka print tha woh Maira ne dekha tha,Woh

chehra dekhne hi wali thi itne mein uska performance ho gaya aur woh wahan se chala gaya.

Maira usko dhoondte hue piche se jaa rahi thi itne mein kisi ki takraane ki wajah se woh ladka kidhar gaya dekh nahi payi thi. Itne mein Maya uske paas aayi aur puchi ki kya hua jo woh itna dodte hue yahan takk aa gayi usne bola ki "Maya ye wahi music hai jo main roz apne kwaab mein sunti hoon". Maya ye sunte hi shock gayi, Usne kaha "Really? Ye wahi music hai jo tu hamesha sunti hai" Maira ne kahan, Ha!

CHAPTER FOUR

Koun tha who?

Maira ke batate hi Maya ne pucha ki kya tuney uska chehra dekha tha? Maira ne kaha nahi Maya main uska chehra nahi dekh payi tabhi Maya ne kaha kuch toh aisa dekha hoga jisse usey pehchan sakhe toh usne kaha ki ha usne ek black jacket pehna tha jispe red color ka rose jaisa design tha, Maya ne kaha theek hai main uss jacket wale ko idhar dhoondti hu tu udhar dhoond tab dono alag alag disha mein uss jacket wale ko dhondne lage.

College mein bohat logon ne black jacket pehna tha lekin kisi ki jacket pe red rose ka print nahi tha Maira aur Maya bohat der tak dhoondte rahe lekin woh ladka nahi mila shayad woh ghar chala gaya tha phir dono ek jaga pe wapas aaye aur dono ek dusre ko bola ki iss taraf nahi hai. Phir Maya ne kahan kyu na hum kisi se jaake puche ki woh koun tha jo black jacket mein guitar se music bajaake gaana ga raha tha hame uska naam toh pata chal jayega na.Maira ne kahan nahi yaar agar hum aisa kisi ko puchenge toh kyu kehke puchenge hame jhoot bolna padega aur main jhoot nahi bol sakti aur toh aur agar usko woh ladka pata hoga toh jaake usko batayega na,ki do ladkiyon ne tere baare mein puch rahe the tab kya karenge.

Maya ne kaha ha teri baat mein sach toh hai,toh phir ab kya kare?Maira ko idea aatha hai,Maya se woh kehti hai yaar tumhare college mein itna bada event hua hai toh zaroor iss event ka video bhi nikaala hoga na?

Maya ne kaha 'Ha' hoga lekin uss video ko edit hoke aane mein 3 din ya ek hafta bhi lag sakta hai.Maira kehti hai iss music ka matlab kya hai ye jaan ne mein kahi saal nikal gaye ab ek 7 din ka intezar bhi karlungi.

(Announcement On Stage)

"Ab Freshers se girls aa rahe hai apna disco performance dikhaane,Give them a big round of applause"

Maira,main jaa rahi hoon ab hamara performance hi hona wala hai.

Maira kehti hai "Ha tu jaa.All the best acha perform karna"

Saare performance hothe hothe raatke 12:30AM baj chuke hai...Sab apne.ghar ke liye nikal jaate hai

CHAPTER FIVE

Koshish,video dekhne ki

Maira aur Maya subah hothe hi apne apne college ke liye nikal jaate hai raaste mein dono woh performance ki video ke baare mein baat karte hai,tabhi Maya kehti hai ki woh apne Sharma Sir se puchegi ki kab tak woh CD college mein aayega? Maira kehti hai,yaar tera college se kisi ne bhi event ke videos social media pe nahi dala hoga kya?Maya kehti hai haa Maira kisi ne toh video social media pe daala hoga ek minute main social media mein check karti hoon.

Social media mein bohat se performance ki video hai aur unme se ek music bajane wale ka bhi tha.

Maya uss video ko open karke dekhti hai aur kehti hai ye video hi hai,shayad isme uski shakal dikh jaaye.Maira uss video ko pura dekhti hai woh video pura 1min 32sec ka hai jisme uss ladke ki shakal nahi dikhai diya kyunki bheed bohat thi aur woh video college ke kisi professor ne upload kiya tha usme uss video ke caption mein ladke ka naam bhi nahi likha tha.Woh iss bare mein baat hi karte hai itne mein college pohanch jaate hai..

College jaate hi Maya apne Sharma sir se puchti hai ki kitne din mein performance wali CD aayegi?

Mr.sharma batate hai ki 4 din ke baad college mein CD denge tabhi Maya puchti hai ki uss video ka koi copy hai jisme sab perform karne wale front se dikhte ho,Tabhi

Maya ke sir kehte hai nahi beta performance ke clear view wale video toh kisi ke paas bhi nahi hai.Maya sir ko 'Thank you sir' bolke wahan se chali jaati hai...

Uss hi din shaam 6:00PM Maya,Maira ke ghar pe jaati hai.Maya ghar ke ander aake Maira se hi hello karke video CD ke baare mein sir ne jo bolo woh usko batati hai.Maira Kuch sochte hue ‘ha theek hai’ aise bolke wapas se soch mein padh jaati hai

CHAPTER SIX

Black jacket?

Soch mein padhi Maira se Maya puchti hai ki woh kya soch rahi hai tabhi Maira batati hai ki maine uss black jacket,joh woh ladka pehna tha uss jacket ko kahi toh dekha tha,but kahan? Mujhe yaad nahi aa raha hai,tab Maya kehti hai ki dekha hoga uss type ka jacket kisi aur ke paas waise wale toh bohat log kharid the hai na,tab maira kehti hai ki nahi Maya maine kahin toh dekha tha woh jacket same waisa hi design.Maya kehti hai ki jacket ke baare mein zyada matt soch abhi so jaa main bhi apne ghar jaati hoon phir kal subha utke tere life ke important logon ke paas bhi toh jaana hai Maira kehti hai,ha shayad main hi zyada soch rahi hoon,tab Maya Good night,bye bolke apne ghar ko jaati hai.

Maira thodi der tak padhai karke phir woh bhi so jaati hai...

Sunday subah 8:00 baje Maya aur Maira dono hi ek khaas jagah jaate hai aur woh hai Maira ke swargiya pitha ji ka trust. Maira ke Father Mr.Raj Oberoi ki patni Mrs.Urmila Oberoi ke ichaa anusaar unhone apni pehle beta ya beti ke paida hone ke baad orphanage kholna tha.Mrs.Oberoi ke guzarne ke baad Mr.Oberoi ne Happy children ke naam se ek Orphanage start kiya tha.

Mr.Raj Oberoi apne time ke bohati successful business the unhone apna empire ko bohati mehnat se build kiya tha.

Mr.Oberoi aur Mrs.Oberoi bohati nek dilke log the jo bhi madad mangta tha usko woh log turant hi madad kar dete the..

Ab uss trust ko Maira Oberoi sambhal rahi hai.Woh bachon ko sab khusiyan deti hai,Unko School bhej ke padhai likhai karwaati hai unko khilone laakar deti hai unki deg bhaal ke liye 25 logon ko bhi kaam pe rakha hai,Woh bachhon ko apne bhai aur behen ki tarah treat karti hai,Maira har Sunday ko bachhon ko dekhne aur unke saath time spend karne aathi hai.Wahan pe woh bachhon ke saath gaati,naachti rehti hai hamesha ki tarah Maira bachhon se enjoy karti hai Itne mein Maya,Maira se kehti hai yaar ye dekh uss ladke ka wahi video kisi aur ne bhi upload kiya shayad isme uska chehra dikh jaaye phir Maira uss video ko dekh hi rahi thi itne mein bachhe woh gaana sunn ke arey didi ye toh woh bhaiya ka gaana hai woh hamesha yahi bajaate hai Maira shock hoke puchti hai'Bachon tum logon ne ye gaana pehle kabhi suna tha kya' tab bachhe kehte hai ha didi ye gaana toh woh bhaiya bajaate hai humne kahi baar iss gaane ko suna tha Maira bohati zyada khush hoti hai aur bachon se puchti hai ki kahan suna tha tum logon ne ye gaana tab bachon mein se lucky kehta hai ki didi ye bhaiya hamare liye yahan hamesha aathe hai hamare liye gaana bajaate hai aur hamare saath khelte hai hamare liye ache ache toys aur bhi khaane ke liye choclates laate hai

Maira lucky se puchti hai ki inka naam pata hai tujhe toh lucky kehta hai ha didi,bhaiya ka naam "Ishaant"hai

Tabhi bachon ki dekhbaal karne wali pooja kehti hai ha madam ji ye wahi saab hai jo

bachon ke liye hamesha kuch na kuch leke aathe hai aapko yaad hoga inke liye aapne ek gift bhi diya tha mujhko,ki jab bhi ye yahan pe aaye toh main unko dedu.Maya Maira se puchti hai yaar ye wahi hai na jiske liye tu kuch shopping karne gayi thi ek din,Kya gift diya tha tuney usko? Maya ke iss sawal ke jawab mein Maira Muskurate hue bolti hai ki maine usko ek jacket diya tha jiske upar red rose ka print tha...

Maya kehti hai toh phir tuney wahan uska Jacket dekhke pehchana kyu nahi? Maira kehti hai Maya mujhe sachme yaad nahi aa raha tha ki maine uss jacket ko kahan dekha tha kyunki ye baat 1 saal pehle ki thi,tujhe main keh rahi thi na ki kahi toh dekha tha uss jacket ko maine tabhi Maya kehti hai iska matlab tera dream boy aur bachon ko hamesha gift dene wala Ishaant ek hi hai tab Maira ko idea aatha hai ki woh CCTV footage check karegi kyunki

usme Ishaant ka chehra zaroor dikhega.
[Kya Maira Ishaant ka chehra dekh payegi]

CHAPTER SEVEN

When Maira met Ishaant

Maira jaati hai apne system mein CCTV footage dekhne, pooja batati hai ki Maira didi woh pichle baar 11 February ko aaye the,Sham takriban 4:40PM ko..Pooja ke bataye timings aur date match karke video dekhti hai Maira uss footage mein ek ladka usko dikhta hai,Maira pooja se puchti hai ki kya yahi tha woh ,tab pooja kehti hai ki ha didi ye wahi hai,tab Maira uss video ko zoom karke dekhti hai, Maira ko Ishaant ka chehra dekhte hi bohat khushi hothi, Maira ke aankhon mein kahin na kahin nami dikhti hai ki woh jisko bina jaane hi dhoond rahi thi woh aaj finally dikh gaya Maira ke hooton pe muskan chehre pe sab kuch mil jaane ki khushi dikai deti hai uske mann mein ab sawal paida hona shuru ho gaye hai ki kon hai ye? kyu meri kwaabon mein wahi dhun bajata hai? Bachon ke paas hamesha kyu aatha hai? aise hi bohat saare sawal hai lekin inme se kisika jawab nahi pata hai usko...

Maya,Maira se kehti hai Maira ye mere college ka hi ladka hai na toh ise college mein dhoondte hai,phir tujhe jo bhi sawal tere mann mein hai puch usko chal...

Maya aur Maira dono hi college ke liye nikalte hai wahan jaake kuch logon se puchte hai ki Ishaant kahan hai, toh ek ladka woh canteen mein hai bolta hai tab Maira aur Maya canteen ki taraf jaate hai wahan Maira ko Ishaant dikhta hai Handsome sa chehra,achi khaasi body,Brown and black baal,ek haath mein watch aur piche bag mein guitar...

Maira usko dekhte hai tension mein aa jaati hai,Maira ki heart beat tez chalne lagti hai uske haath kaap rahe hai maathe se paseena nikal raha hai wapas se mann mein sawal aathe hai ki,Kya puchon? Kahan se shuru karu? Baat karu ki nahi? Kaisa lagega usko? Aise hi bohat saare sawal.. Maya Maira se kehti hai ki ja usse baat kar akela baitha hai abhi sahi time hoga tere sawal ka jawab puchne,Maira darr matt kuch nahi hoga ja jaake usse baat kar issi waqt ka intezar tha na tujhe jaa..

Maira Ishaant ki aur chalne lagti hai jaise hi Maira uss table par pohanchti hai Ishaant Maira ko dekhke khada ho jaata hai,Maira tum yahan? kehta hai. Tabhi Maira shock hoke tum mujhe jaante ho? Tabhi iss sawal ke jawab mein Ishaant kehta hai ha woh main tum jo orphanage chalati ho usko jaanta hun..Aisa hi tumhara naam bhi mujhe pata hai..Maira ok kehti hai...

Maira soch mein padh jaati hai tab ishaant kehta hai ki kya hua koi baat hai kis sochme padh gai tum tab Maira kehti hai,Kuch nahi bass aise hi woh mujhe pata chala tum mere orphanage ke bachon ko gift dete ho toh isliye tumhe Thanks bolne aagai ‘ Thank you ’ tab Ishaant ‘ My Pleasure ’ kehta hai,unn bachon mein mujhe kuch apna pann sa mehsoos hotha isliye unke liye chote chote gifts laake deta hun..Maira kehti hai ok main chalti hun mujhe kuch kaam hai Once again ‘ Thank you so much ’ye bolke Maira wahan se chali jaati hai

Canteen ke bahar Maya Maira se puchti hai ki kya hua tujhe Ishaant ko tere jitne sawal the tuney usse pucha kyu nahi? Maira kehti hai ki Maya unn sawalon ka matalab hi nahi banta kaise puchu, Ye puchu ki tum mere khwaabon mein kyu aathe ho? ya ye ki tum ye music kyu bajaate ho? Maya ye sawal nahi kar sakti main. Ishaant ko thodi na pata hai ki woh mere khwaabon mein aatha hai..Itne mein Ishaant ki awaz andar Canteen se aathi hai

Ishaant apne dost se baat karta hai , Yaar Maira aayi thi mujhse milne tabhi Ishaant ka dost Yash kehta hai ki tuney usko sachai bataadi hai? Ishaant kehta hai ki nahi maine usko sachai nahi batayi hai. Kaise batata? agar woh mere baaton pe yakin nahi kari toh? isliye nahi bataya..Yash kehta hai acha mauka tha yaar tujhe bata dena chahiye tha.. Ishaant kehta hai chal koi nai bhul ja uss baatkochalte hai yahan se class ke liye late ho rahe hai na..

Maira aur Maya ye sunke chokk jaate hai Maya kehti hai Maira ye dono kis sachai ki baat kar rahe hai? aur tujhe kyu nahi bata rahe hai? Maira kehti hi ki pata nai ki kya baat hai lekin Maya kuch toh bohat badi baat chupa raha hai ishaant..

[Aisi Kya baat hai jo Ishaant Maira se chupa raha hai]

CHAPTER EIGHT

What's the hidden truth?

Maira sach kya hai ye jaan ne ke liye ishaant ka phone number college se leti hai aur Ishaant ko call karti hai, Ishaant call utake hello kehta hai tabhi Maira main Maira hoon kehti hai. Ishaant tum,tumhe mera number kaise mila? Tabhi Maira kehti hai kuch jaan na tha isliye tumhara number pata laga hai maine. Ishaant puchta hai ki kya baat hai?

Maira ishaant se puchti hai ki logon ke haq ke baare mein tumhara kya khayal hai? Ishaant kehta hai kya matlab? Maira kehti hai ki mera matlab ye hai ki har insaan ke apne apne haq hothe hai na toh uske baare mein tumhara kya khayal hai? Ishaant kehta hai ki ha insaan ko uske haq se dur nahi rakha jaata hai,unko unki haq ki cheez milni chahiye..tab Maira kehti hai ki exactly main bhi wahi kehna chahti hoon,Ishaant kehta hai main kuch samjha nahi saaf saaf batao.Maira kehti hai ki tum mujhse kuch chupa rahe ho na? Ishaant kehta hai,nahi main bhala tumse kya chupaunga,main kuch nahi chupa raha hoon tumse..Maira khehti hai ki jhoot matt bolo ishaant,jo bhi baat hai mujhe batado tumhara mann halka ho jayega aur mujhe shayad woh sach jaan ne ka pura pura haq hai tumhi ne kaha na ki jiska jo haq hai woh usko milna chahiye

please bolo ki tum mujhse kya chupa rahe ho? Itne mein Maira ko dusra call aatha hai woh call Maira ke Chacha ji(Anubhav Oberoi) ka hai..Maira ke papa Raj Oberoi ke guzar jaane ke baad unke chote bhai (Anubhav Oberoi) ne Maira ko apni sagi baccho ki tarah paala hai Maira ne jo jo manga unhone woh sab kuch Maira ko diya hai..

Maira ke chacha aur chachi(Radhika Oberoi) dono hi Maira se bohat pyaar karte hai..

Chacha ji ke call aane se Maira Ishaant se kehti hai ki Main tumhe baadme call karti hai mujhe ek Important call aa raha hai.. Ishaant ka call kaat kar Maira unke chacha ke call ko receive karti hai aur kehti hai ki chachi ji main bacchon ke saath hoon bass 10 min mein ghar pohanch jaungi aap tension matt lo itne mein kisi aur ki awaaz aathi hai call mein (Hello Madam jii) Maira puchti hai ji aap kon ho ye toh mere chacha ji ka number hai.woh aadmi kehta hai ki mere naam se aapko kya matlab aapke chacha aur chachi hamare paas hai aur bilkul safe nahi hai..Maira gusse mein kon baat kar raha hai aur mere chacha,chachi kahan hai? tab woh aadmi kehta hai arey madam ji itna gussa matt karo woh abhi jinda hai lekin thodi der mein agar tum yahan nahi aayi toh pata nai woh log jinda honge ki nahi..Maira rote hue kehti hai please unko kuch matt karo main abhi wahan pe

aathi hoon,Itne mein woh aadmi kehta hai address tumhe message karta hoon jaldi aajao waqt bohat kam hai(Haste hue call cut kar deta hai)

Dusri aur ishaant bohat sochta hai aur faisla karta hai ki woh Maira ko sab kuch sach batade ga isliye ishaant maira ko call karta hai jaise hi woh aadmi Maira ka call cut karta hai Maira ko Ishaant ka call aatha hai Maira call utathi hai ishaant kuch bolne lagta itne mein Maira kehti hai Ishaant mere chacha chachi ko kisine kidnap kar liya hai main wahan pe jaa rahi hoon main tumhe woh address message karti hoon,tabhi Ishaant kehta hai ki Maira ek baar meri baat suno main tumhe kuch batana chahta hoon,lekin Maira uski ek nahi sunti hai aur kehti hai main wahan jaa rahi hoon Ishaant main tumse baadme baat karti hoon bye ..(Maira call cut kar deti hai)

Aisi konsi sachai hai jo Ishaant Maira ko batana chahta hai aur Maira ke chacha,chachi ko kidnap kisne kiya hai?

CHAPTER NINE

Why they kidnaped them?

Maira uss address pe pohanchti hai jahan pe uske chacha chachi ji ko kidnap karke rakha gaya hai kidnap karne ka place Maira ke Happy children ke orphanage ke nazdeek hi hai isliye woh jaldi pohanch jaati hai aathe hai woh aadmi kehta hai arey madam ji namaskar kaise ho? chaliye aapko aapki chacha,chachi se milaate hai woh aadmi Maira ko ander le jaata hai woh jagah bohat badi aur purani hai koi purani factory ka adda hai woh jagah..

Maira ander jaake dekhti hai ki uske chacha,chachi ko kursi mein band kar rakha hai ye dekh kar Maira ki chillate aur rote hue unke paas jaane lagti hai ki woh kidnaper apne aadmi ko ishaara karta hai,aur woh log Maira ko gun dikhate hai aur kehte hai ki agar tum thoda sa bhi aage aayi toh inhe maar denge hum..ye sunte hi Maira wahi rukh jaati hai Maira ke chacha,chachi Maira se kehte hai ki beta tu yahan se chali ja ye log acche nahi hai yahan se bhag jaa beta please chali jao ,

Maira kehti hai nahi chacha,chachi main aapko iss haalath mein chhod kar bilkul nahi jaaungi,main marr jaaungi lekin aapko kuch nahi hone dungi tabhi woh kidnaper kehta hai oye madam ji agar aap apne chacha,chachi ko jinda dekhna chahti ho toh jaise main kehta hoon waise

karo,Maira kehti hain theek hai mujhe kya karna hai woh batao tab woh aadmi kehta hai jyada waqt liye bagair iss papers par dastakhath karo ye sunke Chacha,chachi kehte hai,kya hai ye?aur kyu ispe meri bacchi ke signature karwana chahte ho?kya chahte ho tum?tab woh aadmi kehta hai arey uncle aap chup raho madam ji ko pata hai ki kya karna hai warna aap aur aapki biwi dono tapak jaoge ye sunke Maira nai kehke chillati hai

Dusri aur Ishaant apne ghar se nikalta hai Maira ne jo address bheja hai woh Ishaant ke ghar se bohat dur hai isliye woh apni bike pe aatha hai upar se traffic bhi bohat hotha hai toh usko aane mein thoda samay lagta hai...

Itne mein Maira ko kidnaper batata hai Madam ji waqt jyada nahi hai jaldi batao sign karoge ke nahi ha lekin mein itna bata sakta hoon ki ye papers aapke jayedad ke hai aapke property apne naam karne ke liye ye papers laya hoon,tab chacha ji gusse mein kehte hai Nahi,ye mere bhaiyya ki jama punji hai unhone apni puri zindagi lagadi ye empire khadane mein Maira beta tu hamari parwah matt kar bhaiyya ke liye please yahan se chali jao tab woh gunda kehta hai ye uncle bolana chup rehne ka jyada bolo matt , Maira bohat badi kashma kash mein padh jaati hai ek taraf uske papa ki mehnat toh dusri taraf parivaar.

Kisko chunegi Maira ab?

CHAPTER TEN

Ghar ya parivaar?

Maira apne papa se bohat pyaar karti thi lekin unke jaane ke baad uske liye Chacha,chachi hi sab kuch hai isliye Maira ye tey karti hai ki woh uss property papers par sign kardegi ye sunke Maira ke chacha chachi kehte hai Maira tu aisa bilkul nahi karegi tere papa ne din raat ek kar diya tujhe achhi life dene ke liye Maira kehti hai Mujhe paison ki parwaah nahi hai chacha ji mujhe bass aap dono chahiye, Maira ke chacha,chichi ke lakh mana karne par bhi Maira nahi maanti woh paper pe sign karne ke liye aage badti hai Maira kehti hai papa ki mehnat aur unki aakhiri nishaani Happy children orphanage matt lena please woh bhi leloge toh bacche phir se anaad hojayenge tab woh aadmi kehta hai arey nai madam ji itna bhi buj dil nahi hoon sab kuch hai aapka isme,sivaay uss orphanage ke,ye sunke Maira thoda kush hothi aur signature karne jaati hai usme 4 papers hai matlab Maira ko 4 papers par sign karne hai Maira sign karne ke liye pen utathi hai (Maira ko ye karta dekh uske chacha,chachi ke aankhon se aansu aathe hai)
Kya Maira sign kar degi papers pe?

CHAPTER ELEVEN

Sach ka khulasa

Maira pen lekar pehle paper par aadha sign karti hai itne mein Ishaant wahan par aa pohanchta hai aur Maira kehkar chikhta hai Maira left mein dekhti hai wahan pe usko Ishaant dikhta hai , Ishaant ko kidnaper ke aadmi pakad lete hai..Ishaant unn logon ko maarta hai itne mein kidnaper kehta hai ye ladke wahan se ek kadam bhi aage badhaya toh isko maar daalunga wahan table pe rakhe papers aur Maira ke haath mein pen dekhta hai ishaant aur samjh jaata hai ki woh Maira ke property ke papers hai aur Maira se kehta hai Maira please sign matt karna mujhe tumse kuch batana hai tab Maira kehti hai nahi Ishaant mujhe sign karna padega Chacha aur Chachi ji ki jaan khatre mein hai tab ishaant kehta hai lekin Maira please meri baat toh sunlo woh kuch bole isse pehle kidnaper ki kuch aur aadmi aake usse pakad lete hai Maira kehti hai usko chhod do tumhe usse kya dushmani hai Ishaant tum yahan se chale jao please tab Ishaant kuch aisa bolta hai ki sab ke sab dang reh jaate hai..

Ishaant kehta ki Maira inn papers par bilkul sign matt karna tum inn papers par sign karogi toh aaj tumhare papa Raj uncle ke saath saath main bhi haar jaunga...Mera unko kiya hua wada adhura reh jaayega..

Ye sunke Maira aur uske chacha chachi sab log dang reh gaye Maira kehti hai matlab kya hai tumhara Ishaant kis wade ki baat kar rahe ho tum?

Maira ke iss sawal ke jawab mein Ishaant kehta hai Maira tumse ye property chinney ki koshish karne wale aur koi nai tumhare apne chacha,chachi hai..Ye sunke Maira ke pairon ke tale zameen khisak jaati hai.

Maira gusse mein Ishaant kehke chillati hai aur kehti hai tumhara dimaag toh theek hai tum khud ko sun bhi paa rahe ho ki tum kya bol rahe ho , Ishaant kehta hai mera vishwas karo Maira aur issey aage kuch bole Ishaant gunde pakad ke bohat maarte hai Maira kehti hai kya kar rahe ho usko chhodo , tab Maira ke chacha kehte hai Maira beta kon hai ladka humse iski kya dushmani hai ye jhoot bol raha hai tujhe humpe bharosa hai na,main aisa kabhi khwaab mein bhi nahi kar sakta hoon...

Maira kehti hai chacha ji mujhe pata hai ki aap aisa kabhi nahi kar sakte zaroor Ishaant ko koi galat fehmi hui hai , Ishaant ko bohat maarne ke kaaran woh kuch bolne ke halaath mein nahi tha,Maira Ishaant ko dekh kar ro rahi thi usko chhodne ki vinti kar rahi thi..Ishaant ne bass itna kaha ki mujhpe bharosa karo kuch bhi hojaye sign matt karna dusri aur gunde Maira ke chacha,chachi ko maar dalne ki dhamki de rahe the,Maira ke chacha,chachi Ishaant jhoot bol raha hai aisa baar baar keh rahe the..

(Aage kya karegi Maira kiski baat sunegi woh)

CHAPTER TWELVE

Maira ne sign kiya ya nahi?

Maira confuse rehti hai ki woh sign kare ya nahi tabhi Ishaant kehta hai Maira mere liye na sahi tum apne papa ke liye toh sign bilkul matt karna ye sunke Maira faisla karti hai ki woh sign nahi karegi , tab gunde aake Maira ke sar par bandhook rakte hai aur Maira ke chacha, chachi ko jiss kursi mein bandha tha woh log uss kursi se utt jaate hai ye dekh ke Maira shock hojaati hai, Ishaant ko bohat chot lagne wajah se woh behosh hogaya..Maira ke chacha Maira se kehte hai ki Maira beta mujhe tumhe maarne ke mann nahi kar raha hai isliye chupp chaap iss papers par sign karde kyunki hum ye naatak aur karna nahi chahte hai , ye sunke Maira chokh jaati hai Maira ko kuch samajh nahi aata hai..tabhi Ishaant utt tha hai aur chupke se bahar jaakar apni bike leke andar aatha hai aur Maira pe gun taane gundo ko maarke Maira ko gaadi chadne ke liye kehta hai , apne pita samaan chacha ko ye sab kehte hue dekh Maira ke aankhon se aansu aathe hai woh unke taraf hi dekhti rehti hai

Ishaant,Maira ka haath pakad kar gaadi par baithne ko kehta hai aur Maira ke chadne ke baad usey wahan se leke chala jaata hai , Maira ke chacha apne gundon se kehte hai jao jaake Maira ko aur Ladke ko pakadkar lao woh dono mujhe zinda chahiye, Itne mein Maira ki Chachi kehti hai agar woh dono police station chale gaye toh hamara kya hoga ye sunke Maira ke chacha apne aadmiyon ko sheher ke har police station ke paas pehra deneko aur woh log dikhe toh kidnap karke laane ka order dete hai..

Maira aur Ishaant dono Maira ke dost Maya ke ghar pe jaate hai kyunki chacha ji ko Maya ke ghar ka pata nahi malum hai isliye woh dono wahan jaate hai , Maira Maya ke ghar pohanch usey dekhte hai ro padti hai aur usey gale laagaleti hai Maya Maira se puchti hai ki kya hua aur woh kyu ro rahi hai Maira kuch bolne ke stithi mein nahi hai isliye usko aur Ishaant ko andar bula kar Maira ko pani deti hai aur puchti hai ki kya hua hai tab Maira Ishaant ke paas jaake usse chillake puchti hai ki kon ho tum? Tum mere papa ko kaise jaante ho? Mere chacha ji mujhse property chin na chahte hai ye baat tumhe kaise pata hai? aisa kahin saare sawal ke jawab mein Ishaant kehta hai Maira main tumhare saare sawalon ka jawab dunga lekin mujhe tumhe 14 saal pehle ki ek raaz ke baare mein batana hai , mujhe maaf kardo Maira mujhe ye baat tumhe pehle hi bata dena chahiye tha lekin jab tak main tumhe sach batane aatha tab tak bohat der ho chuki thi aur tab tum meri baat ko maanti bhi nahi , Maira Ishaant se puchti hai ki aisa kya hua tha 14 saal pehle please batao mujhe

Kya hua 14 saal pehle?

CHAPTER THIRTEEN

Rista Mr.Oberoi aur Ishaant ka

Ishaant kehta hai ki Maira 14 saal pehle jab main 10 saal ka tha tab main Raj uncle yani tumhare papa se pehli baar mila tha , Main anaadh tha mere paas rehne ke liye ghar , khane ke liye khana aur pehen ne ke liye kapda kuch bhi nahi tha isliye main apna chota sa talent se paise kamaata tha aur woh talent tha music bajaana maine ek lakde se choti sa guitar banaya ek hi string ka usko main kaise bhi baja sakta tha aur aise bajaate bajaate maine naye naye music banana sikha tha , main usse music jage jage jaake bajaata tha waha pe log mere gaane ko sunke mujhe paise diya karte the tab maine ek din sir ji ko dekha tumhare papa ko , uss din bohat baarish ho rahi thi aur bohat raat ho chuki thi tumhare papa apni gaadi se jaa rahe the achaanak unki gaadi band hogayi tumhare papa bahar aake gaadi check kar rahe the ye dekh main unki madad karne chala gaya wahan maine dekha gaadi mein se bohat dhua nikal raha tha isliye maine tumhare papa se mere chote si tent ke andar rukne ko kahan jo ki sadak ke baaju mein thi tumhare papa ko maine apne tent mein bithaya tab tumhare papa ne apne aadmi ko phone karke dusri gaadi laane ko kaha phone cut karne ke baad maine unko pani diya woh pine ke baad unhone mujhse mera naam pucha tab maine apna naam chikoo bola tha tab tumhare papa ne kahan acha , beta tum akele rehte ho yahan pe? Tumhare mummy papa kahan hai? Maine kahan mera koi nahi hai uncle main anaath hu ye sunke tumhare papa ke aankhon se aansu aaye unhone kaha phir tumhe khana kaise milta hai maine kaha sir ji main bohat acha gaana bajaata hu woh sunke log mujhe paise dete hai aap bhi sunoge ye sunke unhone mujhe ek gaana sunaneko kaha tabhi pehli baar maine woh unique music bajayi thi jo main tumhare orphanage aur college ke fest main bajaya tha ye sunke Maira shock hogai , aur kaha Kya? phir usne aage kya hua ye batane ko kaha tha tabhi Ishaant ne kaha Maira tumhare papa mera gaana sunke mujhe bohat saabashi diye aur unhone kaha beta tum mere saath chaloge main tumhe kapde khana aur tumhe padhaunga tab maine unke pair pade aur kahan Sir ji aap kitne ache ho aap mujhe sachme khana doge mujhe padhaoge unhone kaha haan beta tumhe main sab kuch dunga chaloge maine kaha ha sir ji main chalunga tab unhone kaha sir ji nahi beta uncle bulao,itne mein unki gaadi aayi maine apna samaan liya aur unke saath main car mein bait gaya Ye bolte bolte Ishaant rone laga Maira ne Ishaant ka haath pakad ke kaha tum theek ho, apne aap ko sambhalo Ishaant , tab Ishaant ne kaha Maira uske baad tumhare papa mujhe apne orphanage mein join kar liya unhone hi mera naam Ishaant rakha mujhe padhaya , likhaya.

Pata hai Maira tumhare papa na bacchon se bohat pyaar karte the specially mujhse 2 mahine hogaye mujhe wahan gaye hue.

Main hamare orphanage mein sabse acha padta tha isliye ek din tumhare papa ne decide kiya ki mujhe aage acha padhane ke liye bade school mein dalna chahiye joki dusri city mein tha unhone mujhe bataya ki 10 din ke baad wahan ke staff ke log aake mujhe le jaayenge tab maine unko mana kiya unse dur na bhejne ko bohat roya lekin tumhare papa ke ek baat ki wajah se main wahan jaane ke liye maan gaya unhone kaha ki Ishaant main bhi tumhe apne se door nahi hone dena chahta lekin beta tumhari padhai ke liye jazbaa aur lagaan dekh ke hi maine ye faisla kiya hai mujhe pata hai Ishaant ki mera ye faisla galt nahi hai ye sunke maine wahan jaane ka faisla kar liya tha Maira aaj main jo kuch bhi hoon sirf tumhare papa ki wajah se hoon mera naam , paise ye kapde jo kuch bhi mere paas hai woh sirf tumhare papa ki wajah se hai , Maira ko Ishaant ki baatein sunki usko apni papa ki yaad aathi hai aur woh rothe hue kehti hai maine papa ko bacchpan se dekha hai woh hamesha aise hi the woh pehle dursron ki baare mein sochte the aur phir apne baare mein,kash aap aaj mere saath hothe papa (Rothe hue) tab Ishaant kehta hai ki Maira tumhare papa hamesha zinda rahenge mere sapno mein tumhare aankhon mein aur hum sabke dil mein,Maira mujhe mere aage ki padhai ke liye bhi unhone wahan city mein unke dost Aman uncle ko paise diye the isliye main aage bhi padhai kar pa raha hoon unke jaane ke baad..

Maira kehti hai papa ne sabko khushiyan baatke aise achaanak se chale gaye,kyu bhagwaan ji aapne aisa kyu kiya mera papa ke saath?kyu?Maira rone lagti hai tab Ishaant kehta hai nahi Maira isme bhagwaan ki koi galti nahi hai kyunki tumhare papa ki maut accident mein nahi hui woh toh Pre planned murder tha ye sunke Maira aur Maya dono hi hairaan hogaye aur Maira ne Kya? aise chillaya aur usne pucha Kaise? Kisne kiya?

CHAPTER FOURTEEN

Mr.Oberoi's death secret

Maira tension mein Ishaant se puchti hai please batao kisne kiya mera papa ka murder tab Ishaant kehta hai tumhare papa ko tumhare chacha ji ne maara hai ye sunke Maira ke pairon ke niche ki zameen khisak jaati hai Maira puchti hai kyu?kyu kiya unhone aisa?tab Ishaant kehta hai iss sawal ka jawab tumhe bhi pata hai Maira ye sunke Maira shock ho jaati hai aur puchti hai ki kya kehna chahte ho tum tab Ishaant kehta hai ki aaj tumhare chacha ji ne jiss wajah se apna kidnap karwane ka naatak kiya hai wahi wajah hai tab Maira kehti hai property ke liye , Ishaant kehta hai ha tab Maira puri tarah se toot jaati hai Maira ki dost Maya usey gale se laga ke kehti hai Maira please sambhal apne aap ko ,aur Maya Ishaant se puchti hai ki tumhe ye sab kaise pata hai tab Ishaant kehta hai ki mere dusre sheher jaane se pehle tumhare papa mujhe ghumane ke liye bahar leke gaye the uss din hum raat ke waqt wapas orphanage laut rahe the car mein khelte waqt mera toy bahar gir gaya tha maine Raj uncle ko gaadi rokne kaha taaki main apna toy laa saku main niche utar ke apna toy lene gaya mera toy ludkte hue road ke baaju mein gir gaya main toy apne haath mein lete hi tumhare papa ke chillane ki awaz aayi tab maine dekha tumhare papa ko tumhare chacha ne pait mein chhura ghop diya tha ye sunke Maira bohat roti hai Ishaant kehta hai main tumhare papa ko bachane ke liye jaane wala tha itne mein tumhare papa ne mujhe ishaara kiya ki main chuup jao

Mujhe maaf kardo Maira main tumhare papa ko bacha nahi paya Maira kehti hai ye baat tumne police se ya phir mujhse kabhi kyu nahi bataya tab Ishaant kehta hai ki tumhare chacha,chachi wahan se jaane ke baad main tumhare papa ke paas gaya tha unhone kaha ki main ye baat police ko na batau kyunki mere paas uss baat ka koi sabut nahi tha aur agar main police ko batata hun toh tumhare chacha mujhe bhi maar denge aur ye sach tumse hamesha chupa rehta isliye unhone mujhe wahan se chale jaane kaha tha aur tumhara kheyal rakhne kaha tha main wahan se chala gaya aur maine agle din tumhare ghar tumhe sab sach batane aaya tha tab maine wahan pe tumko dekha tumhare chacha chachi tumhe adopt kar liye the aur tum unn dono ko bhagwan ki tarah maanti thi agar uss waqt main tumhe sach batata toh uss din ya tum meri baton ka yakin nahi karta ya tum uss din apne family ko kho deti,family na hone ka dard main jaanta hun,usi din maine tumhare chacha ko ek lawyer se baat karte hue suna unhone kaha ki ab aapko 21 saal intezaar karna hoga taki Maira ka saara property aapke naam ho sake ye sunke tumhare chacha ne kaha ye intezaar toh baad ki khushi hogi lekin ab bhaisaab ke marne ka aur saare property per mujhe haq jatane ki khushi bohat hai tab main samajh gaya ki kuch bhi ho jaaye ye log tumhare 21 saal hone tak tumhara baal bhi baaka nahi karenge kyunki tumhare papa ne property tumhare naam ki hai aur tum apne 21 saal baad hi ise kisi aur ko de sakti ho.

Maira kehti hai ki woh log mujhe mere b'day ke agle din hi maar sakte the phir kyu mujhe ab tak maara nahi aur natak karne ki wajah kya hai tab Ishaant kehta hai Maira tumpe already ek baar hamla ho chuka hai aur maine jaise taise tumhe bachaya hai tum bachon ke saath apne papa ke orphanage mein thi na uss din wahan main bhi aaya tha tab 2 log tumhe maarne aaye the unn logon ko maine maara aur woh log wahan se bhag gaye ye baat shayad tumhare chacha ji ko pata chal gayi aur unhone socha hoga ki tumhe uss din kisine bachaya aur kyunki maine apne face ko cover kiya tha woh 2 gunde main kaisa dikhta hun ye nahi bata paye honge isliye woh tumhe maarne ki bajai tumhe Emotional karke tumse property hadap na chahte honge

Maya kehti hai ki Maira shayad tujhe yahi sab sach dikhane ke liye tere khwaabon mein wahi music aatha tha jo Ishaant ne bajai thi tere papa ke saamne tab Maira kehti hai ki bass ab aur nahi mere wajah se tumhari aur ab toh Maya ki jaan bhi khatre main hai main tum logon ko kuch nahi hone dungi, main already apne papa aur mummy ko kho chuki hoon ab tum logon ko main khona nahi chahti tab Ishaant puchta hai ki tum kya karna chahti ho?

CHAPTER FIFTEEN

Maira's plan

Maira Ishaant aur Maya se kehti hai ki tum log mera saath doge na tab woh dono kehte hai ki ha zaroor aur Ishaant kehta hai ki tumhara jo bhi faisla hoga usme main hamesha tumhara saath dunga aur hamesha tumhara saath nibhaunga aur Maya kehti hai ki haa yaar tera jo bhi faisla hai hum tera saath denge Maira apna phone leti hai aur chacha ji ko call karne ka faisla karti hai,Ishaant aur Maya se kehti hai ki mere paas ek plan hai Maira plan batane ke baad apne chacha ji ko call karti hai aur kehti hai ki apko property chahiye hai na main sab aapke naam karne ko tayar hun bass aap hame chhod do ye sunke Maira ke chacha kehte hai ki ha acha faisla kiya tumne beti ab jaldi se sign karne aajao 8:30AM ko hamare wahi godaon mein aajao jahan se tum baagi thi aur ha tumhe bachane wala woh tumhara Boyfriend ko ya Police ko saath mein laane ki bewaakoofi matt karna warna tum bhi jaan se jaogi aur woh bhi Maira wahan pe aathi hai lekin Maira ka plan tha ki woh apne chacha ji ko unke karmon ki saja zaroor dilayegi isliye Maira ne jo gale mein chain dala hai uske locket mein usne camera lagaya hai jiska live video Maya apne dost Inspector Vikram ko dikha rahi thi Maira aur Maya ne pehle hi Vikram se baat kar liya hai lekin unhone Maira ko apni jaan ko khatre mein daalne se mana kiya lekin Maira ke bohat samjhane ke baad hi usko kuch nahi hoga tab jaake Mr.Vikram ne unki madad karne ke liye maan gaye

Ishaant Maira ke saath aatha hai lekin woh kahin dur se inn logon pe nazar rakta hai taki Maira pe koi musibat aaye toh woh turanth Maira ko bacha sake Maira uss godaon ke ander jaathi hai

Mr.Anubhav Maira ko dekhte hi kehte hai ki aao Maira beta tumhara hi intezaar kar raha tha jaldi se yahan sign kardo tab Maira kehti hai ha main zaroor sign karungi lekin aap ye video toh dekh lijiye pehle Maira apne chacha ji ko ek video dikhati hai jisme saaf dikh raha hotha hai Maira ke papa ko yani Mr.Raj Oberoi ko unke bhai yani Mr.Anubhav Oberoi unke pait mein chura bhokh rahe hai ye dekh ke Maira ke Chacha , Chachi dono ghabra jaate hai aur Maira se puchte hai ki usse ye video kaise mila tab Maira kehti hai ki Usi jagah ke CC tv footage se jahan pe aapne papa ko maara tha ye sunke Anubhav Oberoi aur unki patni Radhika Oberoi ke maate se pasina girta hai aur woh Maira se phone kichne ko kehte hai tab Maira kehti hai darr na matt Chacha ji main ye video kisiko nahi dikhaungi kyunki mujhe paison se bhi apne logon ke aur mere khud ke jaan ki bohat fikr hai main aapko apni property dene ke liye tayar hun ye sunke

Maira ke chacha ji kehte hai ki main tumhara yakin kyu karu tum ye video police ko de sakti ho na tab Maira kehti hai ki ha de sakti thi lekin main apne doston ki jaan khatre main nahi dalna chahti thi kyunki woh log mere liye bohat matter karte hai naaki paisa aapke paas itne gunde hai agar main aapko jail bhejne ki koshish karungi toh aap hum sabko maar doge ye sunne ke baad Maira ke chacha kehte hai ki acha kiya tumne warna hum tum sabko maar dete ab iss video ko delete kardo aur iss papers pe sign karo

Tabb Maira video delete kar deti hai aur apne chacha se kehti hai ki chacha ji main aap jahan kaho wahan sign karungi lekin itna batado ki aapne mere papa ko maara kyun tab Maira ke chacha kehte hai ki maarna padha,maarna padha tab Maira kehti hai ki sirf paison ke liye aapne mere papa ki jaan le li tab Maira ke chacha kehte hai ki sirf paison ke liye nahi,maan ke liye samman ke liye pata hai kyun kyunki tumhare papa na mujhse sabme aage the Buisness,naam,shoharat sabme,sabme woh mujhse aage the pata hai log mujhe kya bulate the Raj Oberoi ka bhai kya yahin meri pehchan hai nahi isliye maine tumhare papa ko maar diya kyunki unke hothe hue na mujhe paisa milta naahi mujhe mera naam milta isliye maar diya hai maine tumhare papa ko pata hai teri chachi ko bhi meri tarah paison ki deewani thi isliye isne bhi mera iss plan mein saath diya Maira ye sunke roti hai kehti hai kyun kiya aapne aisa aapko pata hai na ki papa aapse kitna pyaar karte the tab Maira ke chacha kehte hai ki ha pata hai lekin mujhe woh pyaar nahi paisa chahiye tha isliye maine tumhare papa ko jaan se maar diya.

Dusri taraf Maya ye video Inspector Vikram ko dikha rahi hothi hai aur uss video ko record bhi kar rahi hothi hai ye sab dekhne ke baad Vikram kehta hai ki itna sabut kaafi hai chalo inn sabko pakadte hai Maya aur Vikram video dekhte hai apni gaadi chalate aathe rehte hai Vikram apne Constables ko address bhej ke wahan pe aane ko kehta hai aur woh gaadi chala raha hotha hai isliye Maya video dekhti hai taaki Maira ki jaan kahin khatre mein naa aajaye.

Ishaant bhi Maya se baat karke video proof milgaya kehne ke baad woh bhi godaon mein jaa raha tha itne mein Maira ke chacha ji ne kaha pata chal gaya hai na tujhe saari wajah chalo ab sign kar ispe tab Maira pen leti hai aur sign karne ke liye jaa hi rahi hothi hai itne mein Ishaant bhaagte hue ander aatha hai aur piche se hi Inspector Vikram aur baakhi ke police bhi aathe hai aur Inspector Vikram Maira ke chacha,chachi ko hathkadi dikha ke kehta hai aap dono Mr.Raj Oberoi ko maarne ke jurm mein arrest kiya jaa raha hai

Anubhav aur unki patni Radhika kehte hai ki aapke paas sabut kya hai ki hamne Raj bhai saab ko maara hai tab Vikram recorded video dikhata aur Maya kehti hai ki ye sab Maira ka plan tha aapko rangey haath pakadne ka kyunki bina sabut ke kuch nahi hotha na aur woh CC tv footage ka video nakli tha hamne uss video ko morph karaya thaaki aapko pakad sake

Maira kehti hai chacha ji,chachi ji maine aap dono ko apne Matha,pitha samman samjha tha mummy papa ke jaane ke baad aap hi mere sab kuch the lekin aapne na mujhe aur nahi papa ko kabhi apna samjha isliye mujhe apne papa ko insaaf dilaane ke liye ye sab karna padha tab Inspector Vikram Maira ke chacha chachi aur unke gundon ko pakad ke le jaate hai Maira Maya aur Ishaant Inspector Vikram ko thanks bolke Ishaant ke ghar chale jaate hai tab Maira roti hai aur kehti hai ki sab dur ho chuke hai mujhse Mummy papa chacha chachi sab,tab Ishaant kehta hai ki main hamesha tumhare saath rahunga tab Maira Ishaant ko hug karke roti hai.

Maya kehti hai ki Maira tu Ishaant se shaadi karle mujhe lagta hai ki tere papa ki bhi yahi ichha hogi Maya Ishaant se puchti hai ki tumhe meri dost se shaadi karna manzoor hai tab Ishaant kehta hai ki Maira se puchlo agar usko mujhse shaadi karne mein koi problem nahi hai toh mujhe bhi koi problem nahi hai tab Maira kehti hai ki mujhe bhi ye shaadi manzoor hai uske baad

Maira aur Ishaant shaadi kar lete hai aur woh dono Mr.Raj Oberoi ke photo se ashirwad lete hai Maira aur Ishaant dono milke ab Happy Children Orphanage sambhal rahe hai Ishaant aur Maira har hafte Orphanage jaate hai aur wahan pe Ishaant music baja raha hota hai aur dono bachon se khub enjoy karte hai...

Happy Beginning...

Toh ye thi Ishaant aur Maira ki kahani ab iss happy beginning ke liye ek Shayari toh banti hai

"Pyaar se khoja toh khwaab bhi mil gaya
Zindagi mein jo dard the woh khushi mein badal gaya
Neend mein jo dhun sunke hothi thi meri subah
Woh dhun bajaane wala Meri zindagi ban gaya"

A story written by Md.Nasheena

Printed by Libri Plureos GmbH in Hamburg, Germany